barbara mehlstaub

durchgeätzt

edition aha

Barbara Mehlstaub

erste Auflage jänner 1994
layout, satz, zeichnungen: barbara mehlstaub

druck: anton riegelnik
piaristengasse 19 1080 wien

edition: **aha**
zur spinnerin 53/8/3 1100 wien
ISBN 3-901367-01-2

10 fragen

wann ist ihnen zum letztenmal gemüse die gurgel
hinuntergerutscht?
wann hat die letzte bohne ihr gedärm gebläht?
oder ist ihnen kunst-joghurt seidenweich in die
magenfalten geglitten?
haben sich tabletten formlos zerkugelt, um sich
anstandslos weiter zu klumpfen?
sind sie schon durchgeätzt oder noch
unbeschrieben?
riechen sie noch oder nicht mehr?
sind sie neumodisch beige-bleich gehautet oder
frönen sie knusprig hähnchen gebräunt?
haben sie sich heute gefittet oder bloß auf die
füße gestellt?
sind sie schief gewickelt oder gerade gebogen?
haben sie noch fragen oder schon antworten?

komm nach haus
das bett ist kalt und leer
dein mann hat dich verlassen mit den kindern
nimm ein bad, heiß und ausgiebig
betrachte die gesichter an der wand
einstein, ein kleines mädchen
aufgerissene vätermünder erstarrt
in der bewegung
versuch nicht, dich zu beruhigen
oder zu trösten
geh, schnell, beeil dich
um nichts zu versäumen
wenn lila schmetterlinge
ihren kurs einschlagen
prügle dich mit
vorlauten hochmütigen männern
und händeverschränkten frauen
laß die sonntagskleiderkinder
von der leine
hier wird man von blumenschalen
beobachtet, von taschentuchmördern
mit spitzenrosaträumen
tanzende derwische im fahlen licht
die blaßfarbenen pünktchen nachjagen

4...

kein wort mehr über verluste
hoffnungslosigkeiten & tränensackgründe
KEINE BLEIKLUMPEN IN DER MILCH.
stattdessen:

die zukunft wird sie einholen

version, die erste:

rosa küßt rudi rosenstrauchartig. läßt klebrig süßen kaugummi in seinem mund zurück. zarter, vorsichtiger war sie vor jahren, eine, die sich nicht deutlich zeigt, verschwommen bleibt, wenn er die vergangenheit ihr nachträglich nachtragen will.
hat er sie darum aufgesucht oder was tut er jetzt mit dem pickigen zeug zwischen den zähnen. er spuckt, gummi fällt und bedeckt einen vergilbten blutfleck. überall staub und eingetrocknete tonstücke in ihrer werkstatt, der einzige sichtbar gebliebene rest des ehemaligen schlachthauses jetzt - bedeckt. zart rosa durchgekaut, denkt rosa gerührt.
nichts mehr, wie rudi es gekannt hat, neugierig wird er, sie ist nicht mehr irgendwo, mit suchendem blick, mitten im sprung, mühsam hinter her gelaufen, er.
rudi küßt rosa.

---

version, die zweite:

die rosa gibt dem rudi a bussal, so a bissl a hantiges und pickt eam den kaugummi, des amerikanische glumpat, in de pappn. frira woa's zoata, weiblicha, ka emanzipierte, zurückhoitenda, damenhofta, oba ea wü ihr nix nochtrogn, so ana is a net, dschentlmen, der a is.
wos tua i eigentlich do, denkt ea si, mit dem zeig im mäu, und spuckts aus. mittn in an bluatfleck. überoi staub, a bissl reinlicher känntat's scho sei, net nur in da werkstott, des amoi a schlochthaus woa, wos ihm persönlich wuascht is. de rosa schaut gerührt und des mocht ihn neigierig, wonn's ihn so onschaut, oba nochrenna tua i ihr net, des steht fest, er bestimmt, wo's laung geht und gibt ihr's bussl zruck. vursichtig.

protokoll: eine spricht für viele

ich bin die zurückgewiesene, die nicht mehr wartende, die fordernde, ungeachtet dessen, was mir nicht zugestanden wird, nach dem kann und darf es nicht gehen, weil das immer der ausgangspunkt war, der jetzt ein anderer werden muß. ich bin die beleidigte, weil mann mir nichts zutraut, mich wegschicken will, zurück ins dasein der beglückerin von anderen, und ich bin die hassende, weil mann mir einreden will, daß das von mir selber ausgeht, mein innerster wunsch wäre, von dessen existenz ich nichts ahnend gegen meine lebensschicksal ankämpfte.
dieser bestimmung meines körpers, zufälligkeit einer geburt, ein leben lang ausgeliefert, schonungslose verhöhnung und rücksichtslose unterwerfung, mit meinem besten unterschrieben, nur zu eben diesem mir angelegtes zaumzeug, ich sehe die angst dahinter, vor mir, die ich aus- und aufbrechen könnte und darum immer wieder zu boden gedrückt werden muß, darnieder gehalten, mit dem wenigeren abgespeist, mit dem billigeren kurz gehalten, daran gewöhnt seit je her, bis zur

unkenntlichkeit verborgener ursprung, entstellte wirklichkeit; von rechts wegen zur hexe verurteilt, in kleidern deformiert, an schablonen gemessen, den lehren entfremdet und der dummheit beschuldigt, angeklagt jeglicher gemeinheit, spiegel aller projektionen des schlechten, gestellt hinter einen, dem ich gut sein darf, durch den um seiner selbst willen meine existenz legitimiert wird, die aufgabe, die mann mir zugeteilt hat, nichterfüllung ausgeschlossen, verweigerung bestraft auf allen ebenen, gewalt gegen mich nur in geringstem aus-maß geahndet und hundertfach entschuldigt, zur notwendigkeit erklärt, dem anspruch auf eigentum wird stattgegeben;
ich bin die zurückweisende, die nicht mehr wartende, die fordernde, ungeachtet dessen, was mir weiters zugestanden wird, ich bin die distanzierte, für mich behaltende, der puppenwelt entsprungen, im wissen mit weisheit ausgestattet, mit stärke jenseits der zerstörung, mit ungläubigkeit gesegnet, dem wahn nicht verfallen, der machbarkeit nicht ausgeliefert, zur wandlung fähig, dem sein lebendig; *ich bin die gegenwart,*
die zukunft besitzt.

ansatzloser versuch einer erklärung

gespalten ist das leben, weil es keinen platz läßt für lebendigkeit, so wie es ist, nicht wir, die diese spaltung manifestieren. quälen uns, halten es für ganz eigene verrücktheiten, das ist das außen und was ist das innen? klein und schüchtern, meldet es sich gelegentlich, taucht auf als ein sterbendes, bescheiden und wir, gewohnt hart zu sein, kämpfen es nieder.

welch ein recht hat es denn, völlig untauglich zum überleben, denn das bedeutet leben, so gesehen haben wir uns über das stadium des einzellers nicht hinausentwickelt. ich hoffe, das beruhigt sie, regt sie nicht weiter auf über den punkt hinaus, den sie und ich noch ertragen können. und was können wir noch ertragen, wo dieses leben ertragen an sich bedeutet, ausgeliefert sein, über den punkt hinaus, usw. ich will sie nicht weiter belasten und langweilen, wenden wir uns den heiteren dingen zu. pause. sie finden das gar nicht witzig? ich schon, aber daß ihre meinung und meine nicht dieselbe ist, war von anfang an klar. mir zumindest. worauf ich abbrechen könnte

und sie hätten nichts verloren und ich etwas gewonnen, nämlich zeit und ruhe, daß das eine belastung darstellt und mich nervös macht, können sie sich vielleicht denken, das ist wohl das mindeste. diese rücksichtslosigkeit, die sie darstellen hat keine relevanz zu meiner rücksichtslosigkeit ihnen gegenüber. während ich mein innerstes darbiete, lehnen sie sich zurück und genießen die distanz, die sie vermeintlicherweise mir gegenüber empfinden. falls ich sie provoziert haben sollte, denken sie nicht nur nach, tun sie mehr, mehr, mehr. sie sollen nicht nur denken, sie sollen sein. verschoben sind sie, einzelteile, die sich nach allen seiten bewegen, immer weg voneinander. (sie haben bezahlt, das ist wohl das mindeste, was man verlangen kann, wenn schon sonst nichts.) sie sind das wichtigste, das wollten sie doch immer sein, na also.
(sie haben nicht vergeblich bezahlt.) daß ihnen nicht das heulen kommt, in jedem moment ihres atmens und sterbens. vergängliche wichtigkeit, die sie jetzt sind. diese rücksichtslosigkeit, die sie darstellen, einzelteile, die in jedem moment auseinderfallen könnten und dann haben sie die

verantwortung wieder elegant abgegeben. lehnen sie sich ruhig weiter zurück, wenn es ihnen ein bedürfnis sein sollte. in der zur pflicht erhobenen einhaltung jeglicher distanz sind sie ja geübt. sie nehmen, was kommt und lassen sich nicht darauf ein. so wie sie ihr hiersein nur mit abstand ertragen und sich nicht die frage stellt, was ich ertragen muß. sie wollen mit dem grauen nichts zu tun haben, verantwortung abgeben und sich in der normierten gemütlichkeit einrichten. sie können, wie gesagt, ruhig weiter lehnen.
diese abscheulichkeit, die ihr leben bedeutet, verdrängungen bis ins letzte hinein, tiefste seelenzerstörung, halbheiten, weil sie das ganzsein nicht einmal als möglichkeit noch entdeckt haben, sich zuschütten mit oberflächlichen und völlig irrelevanten wahrheiten, die im grunde die lüge in ihrer absolutesten form darstellen. die lüge, die in wirklichkeit ihr leben bedeutet, sich durchzieht als faden, an dem sie sich festhalten, von allerdünnster qualität, und das können sie mir glauben, das kann ich von mir selber her sagen. die lüge, an der sie sich festhalten, aber das hat, wie gesagt, keine qualität, sie werden abstürzen, letztendlich,

und das können sie mir auch glauben, das weiß ich von mir selber.
ekel müßte ihnen hochkommen, wenn sie sich das vor augen führen, was sie ihr leben nennen und nur die unlebendigkeit in konsequentester form darstellt. konstantes abtöten ihrer lebendigkeit, um des überlebens willen, und sie halten das für notwendig, dieses bloße überleben, vergängliche wichtigkeit, die sie sich selber zusprechen und mir vielleicht ab, in diesem moment, weil ich ihnen genau das vor augen führen will, das sie selber nicht sehen wollen, hier und jetzt nicht und auch nicht später. und sie werden denken, was für eine unverschämtheit, welch unüberbietbares maß an gemeinheit, und wieder sich nicht auseinandergesetzt haben mit dem, was ich darlegen wollte, und genauso bleiben, wie sie sind. worauf ich abbrechen kann und sie haben etwas verloren, ihre ruhe, vielleicht, und ich hätte etwas gewonnen am ausmaß meiner unruhe, und über das leben der einzeller zu schreiben, würde mir jetzt nicht weiterhelfen, wo die situation so verfahren ist, und ich wünsche ihnen nichts böses und sie mir hoffentlich auch nicht. guten tag.

unter dem nachthimmel

im meer kann ich nicht ertrinken, es hat mich ausgespuckt
kleine tode spüren, das leben ist lebendig
unter der zivilen maske liegt *unser* krieg
wundern uns über die anderen, dabei wir selber -
kleine morde begehen, wenn uns der mut
oder die umstände keine großen erlauben
laß uns ausscheren und landen
ich fühl den atem des loslassen könnens
einen hauch von frieden
kleben ist das wort, das unseren seinszustand beschreibt
stopf das in den hals wie ein semmelknödel
gib uns die liebe, wie auch wir -
zynisches lachen - eingeblendet
hast *du* große töne
die das scheusal erschrecken könnten
nein, gehen wir schlafen, fürs aufwachen ist es
eine weile zu früh - jahrhunderte,
unberechenbare zeit
ein traum, ein traum!
ich warte, eine weile zu früh

angst

das kind weint, schreit. in ihr die vorstellung, niemand käme mehr, sie allein mit dem kind, auf immer. sie läuft die treppe hinauf, einen stein im magen, schwer, und tröstend wirft sie den arm um ihn. er kuschelt sich ein, kurz, der linke fuß beginnt zu wackeln und die abgehackte bewegung zieht sich durch den ganzen körper, der kopf schlägt zur seite, links und rechts und links, nicht weiß sie mehr zu beruhigen, sich zuerst, um beruhigung vermitteln zu können und streichelt seinen bauch, zart, er schluchzt, die tante wurde begraben, nie wieder sie sehen, mit ihr sprechen.
die augen weit offen, schaut er sie an, alles leid in seinem blick, hilf ihm verstehen, sie versucht ihr möglichstes, er weint wieder, gelöster, schmiegt er sich in ihre hände, während die zurückgehaltene spannung ihr den atem nimmt.
nie wieder.

spitze kieselsteine

unter den weißen sohlen
zähne in steine schlagen
beißen und hacken
und zertrümmern
wortwörtlich
auf der flucht sein
am straßenstaub ersticken
die angst im nacken
aufgespießt oder geröstet
wortwörtlich

mörder
gehen um s haus
zeitung lesen kann gefährlich sein
cyberspace
wir warten im wohnzimmer
gestohlener reichtum wird
dienstag zurückerstattet
matt/e/scheiben bröseln
pünktlich versäume ich den zug
uhren formen sich dali
scheppernd wind/verweht
ein lachen
saurier sind wieder da
darüber leuchten gestirne
in der oper werden abgänge
besungen
hier nicht
hier wird gelüftet

hier wird
weder gelüftet
noch gesungen
wir sitzen blind im dunkeln
- splitter/glas -
saurier sterben nicht aus
uhren zerfließen dali
du versäumst den zug
gestohlener reichtum
wartet im cyberspace
wohnzimmer
(kann gefährlich werden)
zeitung lesen wird nicht
von der krankenkasse bezahlt
in diesem haus wohnen
mörder

mondlichter UN/NATUR/abend
schleifengestreut, gnaden los
geschickt und dann
zer/rinnen in schwärze
hinein mit dir
unwillig sanft
gleitet eine hand
nur im vorbei
findet sie
ruhe

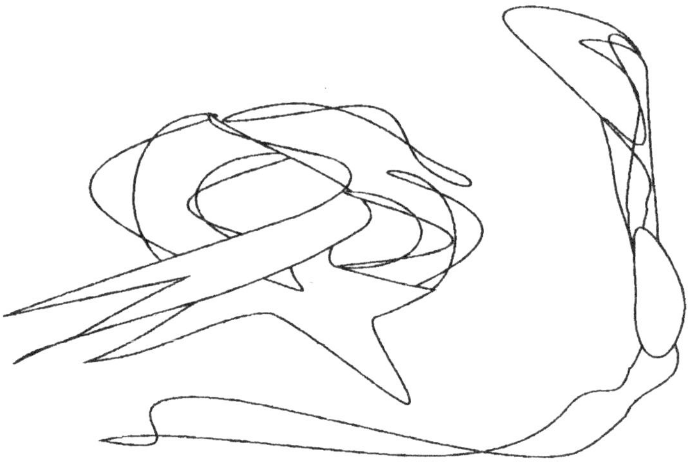

auf der suche nach den wörtern

ergebnislose suche abgebrochen,
zellenerschöpfung eingetreten, fingerübungen
finden statt, sind aber nicht notwendig,
organismus braucht flüssigkeit, gefahr eines
katatonieartigen zustands in absehbarem zeitraum
(nicht exakt berechenbar, da zellenaktivität
eingeschränkt.)
muskellähmung im linken ober- und
unterschenkel, kältestarre fortschreitend,
wirbelverbiegungen im mittleren bereich der säule,
halstrockenheit, unzureichende lungentätigkeit,
sauerstoffzufuhr knapp oberhalb der
mindestmenge, nackensteife, temperatur sinkt
weiter, letzte flüssigkeitsreserven müssen
freigegeben werden, keine hilfe von außen zu
erwarten: daher temperatur weiter senken,
atmungstätigkeit beibehalten, wärmequelle
aufsuchen und in winterschlaf fallen!

zu/neigung / ambivalent

ein insekt hatte ihn am nacken gestochen.
ich ging zu einem bildhauer und kaufte eine riesige holzmücke mit drahtbeinen. liebevoll verpackt überreichte ich sie an seinem geburtstag.
unverändert übernahm wieder der computer die kontrolle über ihn. ich habe jetzt ebenfalls einen. *der* tut das nicht.
meine augen sind schwach; selten, daß ich ihn sehe.
mein telefonhörer ist durchgescheuert, die post schickt mir dankesbriefe, ich bin ein modernes paar.
im schrank stapeln sich die konservendosen, die wohnung stinkt nach kaltem rauch, einmal pro woche gibt es katerfrühstück, dann sind wir schnurrig.
ohne terminkalender gehen wir verloren, mit manchmal auch, die suche bringt näher, augen/blicke ohne wiederholung. wir haben uns nicht und bleiben wertvoll.
PS: wenn sie nicht so leben, wie machen sie das?

"unheimlich - heimelig"

zweieinigkeit, wollölig weich/
harmonisierende dauer/dosis
tablette mit emotionsverstärker
feinst gerichtete gefühlsschnitzerl
ein danke denen, die's für sich behalten
rosarot und rosenstrauch
sind sich klebrig vereint, nun traut
dem glück, in einer linie laufen sie lang
und sich versprochen
sollen wir sie segnen oder brauchen sie
das nicht mehr - weil's doch anders
geht als sie wissen wollen
- ahnungsvoll
denken sie in ewigkeiten -
leib-seelen verschachtelt beginnt die reise
mit besten wünschen und ohne garantie
flittern sie fröhlich in die wochen

üble nach/rede

sie will sich an ihn erinnern -
bis zum letzten buchstaben kotzend
schleppt sie sich hinters gebüsch.
sein blödes grinsen
seine unterkühlt/heit
sein genußvoller hohn
sie wird ihn ohne an/stand
in den boden versenken
- *metertief*

das bin nicht ich
mit dem ding im kopf
und der grube im bauch
mir graust, mir graust
vor mir   mit dir   in mir
vögel zwitschern
sie wird sein du zart zertreten -
metertief

(die trauer/feierlichkeiten sind beendet, die witwe zieht sich zurück, um den champagner zu öffnen)

jetztzeitmensch

hinter
der höflichkeitshaut
die boshafte ekelschale
das business - gesicht
mit dem fassadenhorn
und verwunderte unschuldigkeit
die wurschtigkeits-schicht
das stichel monster
mit der masochismus struktur
der kraft sauger
das herzhafte biest
das kopflose scheusal
der großzügigkeitsverschwender
mit dem arme-leute tick
unter den schichten
be/findet er sich -
pflegeleicht

schmetter lind
ursächlich:
männlich/geprägt
endlich: eigener blick
die frage nach wirkung?
schlägt wunden -
meine physik ist nicht
in teilchen meßbar
un- er- faßt webe ich mich
in die welt hinein

beim gehen

wörter schieben sich vor
closed to poetic work

weggespülte welt
closed

klosett: *shut up*

counting from today
count me out
break away

brechreiz

rätsel/haftes
eis/feuer

gegenpole im dilemma
synapsen-verquerungen
hirngewitter
multipliziert mit
vager ängstlichkeit
seelenflattern
im netzwerk kollern
endlossätze
ohrendröhnen
neuronen rauschen
eingegebene befindlichkeiten
zerlegen sich zu
ein/zell/heiten......
................systkoll
chpsschme
schlm

ich bin *müde*, so *modrig* ausgelaugt, *zellgeliert*
und speckig schrumpelig abgezogen.
saugend präsentiert sich äther, gruselig bläut der
nachthimmel, gelb dunsten mauern.
sterbend hustet tag ade, täglich. bildschirm leuch-
tet farben ins gesicht, hautgetöse.
juckend beißt die möse. flasche grünt, spuckt
blasse tropfen, geräusch schleicht durch raum
und retour; fliege fliegt mit. bett liegt seiden-
weich, traum träumt anfang.
ende.

stationen

eiliges blatt
gedankenfleisch
Tritt - in die nähe
alperwachen morgens
zu mittag ein hoffen -
am abend kopf in der sackgasse
was wiederum am morgen...

schafe werden neuerdings
abgeschält statt geschoren
wie fühlen sie sich?
jugendlich formte sich
schickelgruber - bankert
mit jüdischer urgroßmutter
handhab/bare menschen
bleiben sich unerkannt
projektionen
zielen auf schatten
spürbar ge/wissenlos
marschiert die norm   ins AB!
neuigkeit!:
wir   bewegen   uns

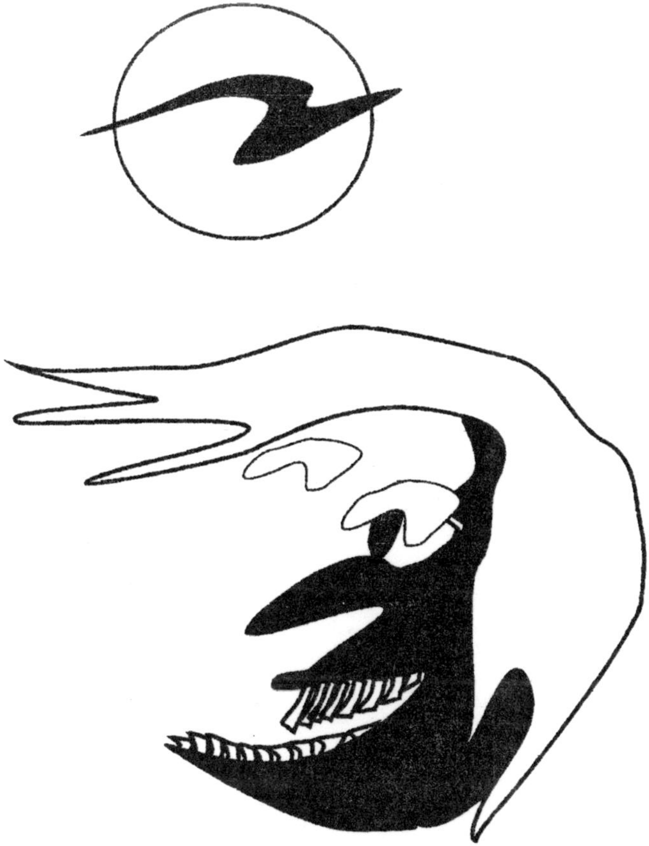

borderline

barbara mehlstaub.geb. 1962
lebt in nö. bei baden

frei/schaffende keramikerin,entwirft,
zeichnet, gestaltet, schreibt:
(eigene werkstatt, geborgter schreibtisch)
div. ausstellungen und lesungen
veröffentlichung in:
zeitschrift: schreiben - schule für dichtung
anthologie: pfeffer mit schlag - edition aha

Alice Harmer

seidenweich gefaltet

am 19.12.96
und morgen
wende ich
bin ich:
Alice Ha

edition aha

erste Auflage jänner 1994
layout, satz: barbara mehlstaub
zeichnungen: alice harmer

druck: anton riegelnik
piaristengasse 19 1080 wien

edition: **aha**
zur spinnerin 53/8/3 1100 wien
ISBN 3-901367-01-2

stürmische beGrüßung
Arme Hände Lippen

und ich stehe verWIRRt
mit zerRAUFten Haaren
nackten BRÜSTen

OFFEN ICH
S T

Sind Sie wahr? Beweisen Sie sich!
Foto Zeugnisse HaarFarbe Ursprung
StirnFalten einFalt so viele Seiten
kein Buch

OFFENSICHT
Betrachtung aus nächster Nähe: violett

Gesicht	herb veränderlich
Name	harmlos aufgedrängt
Gestalt	wunderlich regressiv
Historie	Überraschung RuinenKind
	schnell erwachsen
	fruchtbar naiv
EhrGeiz	außer ordentlich
	ZU KLEIN für diese Welt
	und immer wieder neu gierig
beWegung	von rechts nach links und
	SpiegelBild lich
Furchen	Schrift
Geist	flügelt zwischen menschlich
Quanten	Sprung ohne SicherheitsNetz
	sonder
Angebot	doppelt intensiv:
	wenn die Eine schläft
	ist die Andere einzig schön
	un heimlich
Wetter	anSage: Ambivalenz
	furchtlos verdorben lieb

GedankenSplitterKetten

Ich schreibe auf KilometerPapier
psychosomatisch produktiv
DAS IST ALLES

der abSatz wendelt
im mittelPunkt
keine Blumen
nur geschlossene Türen
Blick dicht

UND was passiert mit den Träumen?
So wie Sie aus sehen
sagt eine Lady
können Sie nicht verstanden werden
FETZEN UNVERNUNFT
suchen Sie sich einen Therapeuten!
Zickig stellen Sie sich an
meint ein verLeger
der Literat schenkt mir SCHRAUBE LOCKER
der Wissenschaftler schüttelt das Haupt

FREMD sind wir uns selbst

StrichMÄNN und WEIBlein
in HolzSpänen
gehobelt und staubig
halbHerz mit Knopf im Magen

vom Mann will ich anerKENNung
nicht seinen Penis
dafür liebe ich ihn ganz
und er?

BEGINNen Sie Ihr Buch mit dem Schluß
viele fangen von hinten an zu lesen

ENDE
weiße Weite Sand und Meer
eine brennende Zigarette

ICH LIEBE AN FÄNGE

Im Haus der entScheidungen
schwingen Engeln Trepp auf
Musik löst Gedanken

animo
forte
VionlonCello
große Fuge

fraglos friedlich folge ich nicht
Pauke Balalaika Trompete
STOPPT DEN KRIEG!

Frauen klagen und warten und hoffen
Seiten brechen ins Gesicht

die Geige stimmt ein Horn
un versehrt zärtlich und
lebendig läuft eine lange Geschichte
KLEINE SCHRITTE
Streck gezogen
zappelhüpfen Fersen Zehen
im blaßroten Bild

und Schutt in den Gassen
Kiesel im Schuh
HäuserZeilen öffnen

ich SUCHE unerbittlich weiter

deine Empfindungen zeigen sich nicht

das Karo des Hemdes reißt Wunden
inArm ver schränkt
das Schauen ist innen
nur Ohren stehen offen in beZug

zwischen den Fronten
schützen Gräben
du wünscht dir Salzburger Nockerln
der Blick trifft

mit jedem Stein zer trete ich Zweifel
ein Kanadischer Balg bläst erdig
rot im Grau Hand in Hand
KOMM mit mir
WILDwärts
DINGO

Glück auf den Sohlen
und Kot vor der Tür
der Hund riecht übel

SPRUNGhaft sträubt der Nacken
Horror Visionen nähren die Angst
Feigen in meinem Magen
blähen säuerlich

ICH WILL fort!

Nach aufLösung traditioneller Muster
ent fernen sich vorStellungen
spalten in reelle und
politische FREIheit
der Pluralismus bleibt ver ärgert stehen
Ethik des guten Lebens
Menschen selektieren
subjektiv ver schieden
BELIEBigkeit

Autonomie ist ein NaturRecht
ich schreibe mich los
im Großen und Ganzen

HOCHACHTUNGSVOLL

1. und 2. Türe
Cosimo HeuSchreck und FranzLuise

Monologe
ver lassen die Stille
Mut aus dem Haufen
Bagger reißen die Schaufel auf:
subjektiv ist nicht komisch
Natur gegebene MännerMacht

Die nukleare KommandoKette
ist offensiv
Arroganz im rückGrat
Griff bereit
zur Diskussion!

Eier von freiLandHühnern enthalten
bis zu 21 NanoGramm mehr Dioxin
als Eier unglücklicher Hennen
verWirrung
und Schreien und Lachen ver mengt

wenn Soldaten Frauen aus TäterHänden retten
ist die Welt noch lange nicht in Ordnung
aber Tat sächlich ver ändert

wenn es gelingt
den Geist dem Gehirn zu ent koppeln
und auf MicroChips zu binden
ist der Mensch un sterblich
wer will das?

Die Sinnlosigkeit er reicht ein
furioses Finale
Prothesen kommunizieren mit dem
NervenSystem neuronal
über brücken BruchStellen

Taubstumme sehen
Lahme reden
vor dem Kopf schwere Balken und
die Zähne zusammengebissen
doppelPunkt
ist Glück ein voller Raum
ein schmales Licht
und draußen Regen?

Ich schlafe nicht ohne dich
so kann es nicht weiter gehen

einzelPerson steht ein 4o
QuadratMeter wohnRaum zu
der Aufenthalt einer weiteren ist
hinder lich

Askese

in finsteren Ecken
klein ge halten
was bin ich?
"du hast un gleiche Schuhe"
sagt Erwachsen
"kannst du leben
ohne Grund?"

ich sehe dich
mich nicht
schöne Reden ver stummen
ein Mann denkt immer
weit von sich

Single orange rost gelb
du bist mir immer wieder fremd

seit Jahrhunderten ist der Mensch
auf Suche nach Schwung
KELLOGs CORN FLACs

ich habe kein daHeim

trage das Private öffentlich
in den SchuhSohlen Löcher
WirtschaftsKrise

Strom Rechnung Heizung Käse die Miete
WO von lebe ich?

Ein vereintes Europa ist nicht
gleiche Währung Konsum
sondern Achtung vor Leben

Bilder liegen quer
jeder Winkel ver schiebt
ich schwebe ohne Berechtigung
die Haut steht leer
WIE SPÄT
WARUM
ist Morgen hell grau rund
ich weiß keine antWort

GhostWriter
ohne Schutz und Schirm
Salz Gries Woll
Zeile Burg Tor
Graben
Katzen Steig
grün Anger
FREIUNG
"wenn dich ein Blitz erschlägt
bin ich traurig" sagst du
"aber wenn dich ein Auto überfährt
unverzeihlich"

Das integrierte DatenNetz ermöglicht
1994 eine gleichzeitig parallel überTragung
von Telefon Fax Grafik Text
Hier und 2o Länder
Welt weit schwere ExistenzKämpfe
VolksParteien prügeln
um die Mitte

Mehr Frauen in Mittel und Ost
leiden psychisch sexuell moralisch

König Guntram von Burgund
behandelte im Jahr 585 die Frage
ob Frauen überhaupt Menschen seien

SchlafTabletten PulsAder RauchGas
ver gebliche selbstMord verSuche

Winter einBruch
2o cm Schnee auch in Tälern
schallende OhrFeige für Pendler
in niederÖsterreich werden
27o Züge eingestellt

das National bewußtSein
er reicht einen historischen höchstStand
61% "sehr stolz"
31% "ziemlich"

Fuzzy Logik

für den umGang mit technischen abLäufen
die nicht eindeutig beschreibbar sind:
manchmal selten öfter kaum etwa
werden von Sensoren registriert

die Jugend verABschiedet sich
von der traditionellen Politik
Glas Papier Metall Kunst Stoff
TRENNUNG

Otto braut 8oo tausend HektoLiter
Bier jährlich
ich trinke Lumumba
heiße Schokolade mit Rum
die Zukunft gehört der fraktalen Fabrik
klein flexibel und sich selbst organisiert
INNEN AUßEN Transparenz
und im Glas blaue Tomaten

die Lage nach den unWettern
beginnt sich zu ent spannen
ich träume
in deinem pull over

Utopie

tausche StadtPflaster
gegen frischLuft
ein StammLokal in mehreren Etagen
Atelier mit DachGarten
Terrassen und heimlichen Stufen
eine Türe fällt

Apfel im SchlafRock und
Mohr ohne Hemd
KulturFerienStimmung
Blüten ge braten
ein weißes Bett

in den Tag hinein
beginne ich Nacht aktiv
reise von dort nach anderswohin

rund um die Reste dieser Welt

wenn schon zu spät
dann rücksichtslos
ich bin eine nachZüglerin

Altern ohne Lügen

Scham verLust
Ratten plündern
Fosilien Skelette
StachelBeeren Zucker

ich suche die Vergangenheit nicht

wo sind meine Texte?
ein geschenkter Computer
stiehlt meine Zeit

goldgelb sammle ich RegenBogen
KEINE ANGST
vor dem WahnSinn

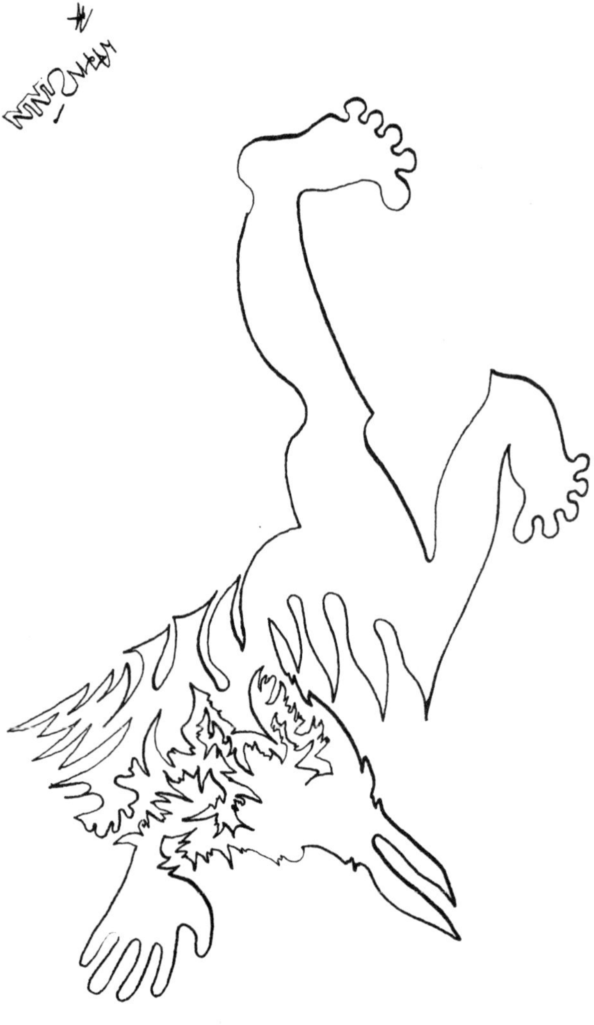

NachtSchatten

ragt bis 3 Meter hoch aus Schutt
unterHolz windet sich

ich bin für dich
jeden Tag eine Andere

VIELheit verDERBnis unSCHULD
guten Morgen
zuverSicht

REGELmäßig

ALLmähliche verÄNDERUNG
des hormonellen gleichGewichts
die Blutungen schwanken zwischen
stark und schwach
unter scheiden sich heftig
oder enden plötzlich

SEIEN SIE BITTE NICHT UNGEHALTEN
die wechselZeit kann 2
6 bis 8 Jahre dauern

Ich hocke am Ufer
der Blick laviert
ein GrasHalm ein BlütenBlatt
drehen sich schneller
Ziel los

auf Flucht vor einander
treffe ich dich zu fällig
im HöllenTal
dein Mund ist hart
brenn Nessel unKraut

der Wind greift an
MEIN KÖRPER ZITTERT

Wetter vorherSage: Gewitter

Ritt

durch die Landschaft
halb stark
steigt das Pferd
un bändig das Gefühl

Nuss bitter
du erzählst von allen Frauen
sie küssen gern
spucken auf den Tisch
ins teure FischDinner

ich hänge an deinen Lippen
Herpes
du kommst nicht los
von Diotima

lieb walt Lust
und Blut und Spermen an Händen
laß einen Vers fallen
für uns

wie kleine Mädchen möchte ich
ein RüschenKleid
Prinzessin sein
viel ver ehrt weil
ohne besondere Anstrengung

sie schaut ganz anders aus
als du denkst

die Gewohnheit wechselt
es ist nicht klar
wann warum du mich küßt
ein Lächeln ver schenkst

ich suche dich ab
und zeichne auf
aus Ordnung treten Züge
sprich nicht laut
Brombeer blauer Mund

ach Schwindling
elliptisch glatt und kahl stumpf
Stiel elastisch Fleisch dünn
die Suppe schmeckt vor züglich
Falten Tintling und Alkohol
Morchel Waben gruben ver schlungen
StockSchwamm KuhMaul
die Scheide reicht hoch über
gelb rot feucht klebrig

und morgen wirfst du meinen Lärm
aus dem Bett

GIFT

8 - 13 Stunden Krampf Schmerz kalter Schweiß
2 - 3 Tage er brechen
nach ScheinBesserung
Delirium

lauf Käfer
in rasender abKürzung
über Strunk Bank Tisch
MottenStock wächst
stark aromatisch
im ödLand Fels
drei fach fieder
teilig

wir nähren uns von der Rede
2oo Gramm in 1 Liter Wein
ver ursacht Schwindel
BlasenFuß fällt über Gladiolen her
MehlTau über Rosen
und Läuse und Flöhe
BIO TOP
der MaulWurf wühljagt Mäuse

das Herz reißt

HILFE
SternRadHacke StichSchaufel
"seid ihr?" fragt sie
"ich bin mit keiner Frau zusammen"
wehrst du dich
MIST
PhosphorSäure TaubenDreck
mein Mund brennt

auf wachen!

Rollos schnappen nach Licht
die Uhr zeigt rechts links
siebenundvierzig SpinnFäden
klimakterisch
ver langsamt der Zyklus
meine Brüste liegen

MammoGraphie:
beiderseits glatt begrenzte normal dicke Haut
subcutanes FettGewebe unauffällig
DrüsenKörper symetrisch und
durch Cooper´sche Bänder fixiert
umschriebene verDichtungen sowie
abnorme GefäßStrukturen oder
andere pathologische verÄnderungen
können nicht objektiviert werden

Ich ver hänge alle Spiegel
weil ich allein sein will
dich eine Weile nicht sehen
und dann feiern wir
mich dich uns

"Die Frau in den Wechseljahren ist unfähig
rational ihre eigene Situation zu erfassen
in einem Irrgarten von Sehnsüchten
und Einbildungen verliert sie Kontakt
mit der Wirklichkeit." Dr. Robert Wilson

SIE IST
ein halbes Jahrhundert und
ein Jahrzehnt unkonzentriert
"Puppi" fragst du
"fährst du mit mir nach Tschiputi?"

Ich gehe mit dir
wohin ICH will
und fernWeh verliert sich
in klaren Pupillen

An der Wand
rötet Mohn
der Himmel grünt
SeitenBlick durch den HolzZaun
Klang färbig
Schluck weise ErdBeer

du sollst du mußt
es stirbt sich schnell
NÄRRIN

ich rechne ab
und lasse offen
du wirst schon sehen
warnen minusDioprien

flügge

ich träume ein BilderBuch
erstaunt schmelzen EisZapfen
ein Schiff segelt Strom wärts
mit SchmetterlingsFlügel
Libelle Moskito Hornisse

BEBOP subKultur
auf prallen Zungen
ufern stranden jazzen
die Sonne sinkt unterird
Fuß warm

ich fühle mich Kind

DAS RECHT auf
Ironie Hysterie Tollheit

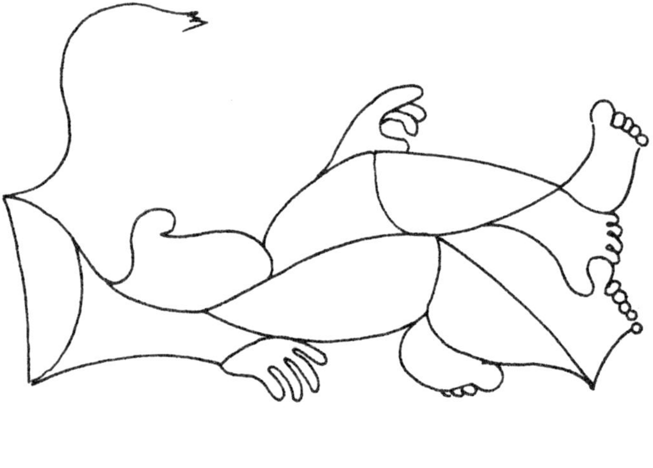

und schlägt die Zeit tot

ALICE HARMER, geb. 2o.12.1945 im Bgld.,
seit 1959 in Wien,

Publikationen in Zeitschriften
"Entladungen", "Auf", "Limes",
Anthologien "Drama Dreieck", Wr.Frauenverlag
199o, "keine aussicht auf landschaft", NÖ
Literatur Edition 1991, "Dem Leben Flügel
geben", Verl. Haag 1993, "Pfeffer mit Schlag",
Edition aha 1993,
Lesungen, Illustrationen, Ausstellungen,
Mitgliedschaft der AGA Arbeitsgemeinschaft
Autorinnen, GAV Grazer Autorenversammlung